AF226340

L27
n
1210

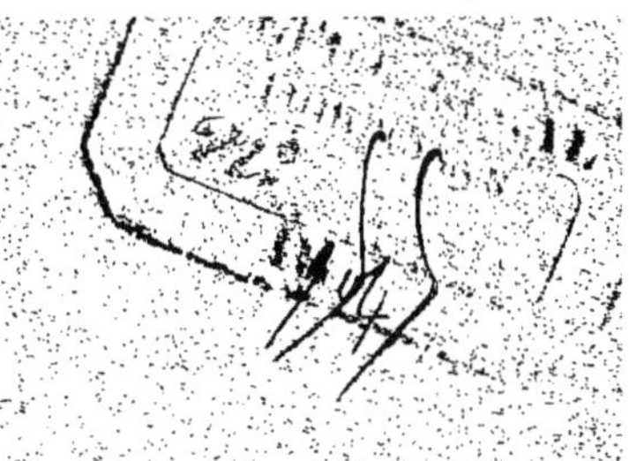

ALLOCUTION

Prononcée en l'église de **CIRÂN-LA-LATTE**

le Jeudi 18 Août 1904

PAR

Sa Grandeur Monseigneur RENOU

Archevêque de Tours

AU MARIAGE

DE

M. Gaston GRILLE

ET DE

MLLE Yvonne MASCAREL

Cher Monsieur,
Mademoiselle,

A une époque où les pierres de beaucoup de foyers se désagrègent, où nombre de gens se demandent, non sans une inquiétude justifiée, où va la famille, où va la société, — on ne saurait trop se féliciter d'avoir à appeler les bénédictions du ciel sur une alliance comme la vôtre. Au milieu de nos tristesses et de nos craintes, au milieu des nuages qui assombrissent l'horizon, des spectacles de ce genre ne sont-ils pas comme autant de rayons d'espérance que nous saluons avec amour ?

Aussi, Monsieur et Mademoiselle, me serai-je bien gardé de décliner l'honneur de bénir votre union et de vous donner les conseils que réclame cet événement solennel : trop heureux d'ailleurs d'avoir l'occasion de payer un tribut de religieux respect à des familles d'élite qui ont poussé des rejetons véritablement dignes d'elles.

C'est l'Évangile que nous devons ouvrir en ce moment ; l'Évangile où se trouvent inscrites les lois du mariage, et qui a placé cette institution primitive sur les hauteurs sereines où nous l'admirons.

Sans doute les annales du peuple israélite nous font la peinture de scènes nuptiales d'une touchante beauté. C'est par la prière, — comme vous l'avez fait, Monsieur et Mademoiselle, — que le jeune Tobie et la fille de Raguel se préparaient à leur union : « Il ne convient pas, « disaient-ils, que nous nous donnions l'un à « l'autre comme ceux qui ne connaissent pas « Dieu » (Tob., viii, 5). Et alors le patriarche, levant les yeux au ciel, où étaient déjà montés ses vœux et ses larmes, prononçait sur le couple pieux une invocation si belle et si touchante que l'Église a voulu la conserver comme formule de la bénédiction nuptiale de ses enfants : « Que le Dieu d'Abraham, d'Isaac et de Jacob soit avec vous ; qu'il vous unisse lui-même et que, répandant sur vous ses bénédictions les meilleures dans une pleine mesure, il vous fasse recueillir tous les fruits qu'elle vous promet ! »

Ainsi trouvons-nous, dans le lointain des âges, de ravissantes scènes nuptiales. Mais vous n'ignorez pas quelles tristes atteintes furent portées plus tard à l'institution primitive du mariage.

Le divin Restaurateur des choses apparaît. Il se penche sur les ruines lamentables du foyer. Avec Lui le foyer se relève ; avec Lui la famille se transforme et, avec la famille, le monde.

Et que fait Notre-Seigneur Jésus-Christ pour assurer ce prodige ? Il prend dans le cœur humain l'affection, l'amour, qui n'était qu'une passion ; et il en fait une vertu ; il prend dans la société le mariage, qui n'était qu'un contrat, et il l'élève à la dignité auguste de sacrement : *Sacramentum hoc magnum est in Christo et in Ecclesià* (Apud Eph.). Et au contact de ses mains divines, ces deux choses périssables se sont imprégnées en quelque sorte de son éternité. Ce que Dieu aura uni, rien ne le séparera, ni la terre, ni le ciel : *Quod ergo Deus conjunxit, homo non separet* (Matth., xix, v. 6). Ils ne seront plus deux, mais un seul, ou du moins une seule chair : *Jam non sunt duo, sed una caro* (Gen., ii, 24).

Jeunes gens, recueillez bien la grâce sacramentelle.

Ah ! sans doute, quand un jeune homme et une jeune fille comme vous se donnent loyalement leur foi, c'est bien quelque chose. Mais, nous devons à la vérité de le reconnaître, nous portons notre amour dans des vases trop fragiles pour que la foi humaine soit suffisante à le garder. Il faut que Dieu intervienne. Il faut que vos mains, ces mains qu'unissent des sympathies réciproques, il faut que Dieu les unisse à son tour ; il faut que, sur la soudure de vos cœurs, si je puis m'exprimer ainsi, Dieu appose son cachet, son empreinte, le sceau de son immortalité.

Et, chose merveilleuse, pas assez remarquée,

vous allez, dans la circonstance, ressembler à deux prêtres, dont les paroles vont opérer la vertu du sacrement. Je vais vous interroger ; et vos mutuelles réponses vont donner au sacrement sa forme.

Voilà de quelle solennelle grandeur Jésus-Christ a revêtu l'époux et l'épouse.

Mais, — comme grandeur et noblesse obligent, — je ne m'étonne plus de ce qu'il leur demande.

Il demande à l'homme d'aimer sa compagne comme lui-même a aimé son Église : « *Sicut Christus dilexit Ecclesiam* (Apud Eph. v. 25) », or vous savez dans quelle mesure il l'a aimée : jusqu'à la mort : « *Semetipsum tradidit pro eà.* » (Apud Eph. v. 25).

Et à la femme, qui marche avec l'homme comme la grâce à côté de la force, que prescrit-il ? D'avoir pour type l'Église. Comme l'Église est soumise à Jésus-Christ, ainsi l'épouse sera soumise à son époux, d'une soumission pleine d'abandon et de confiance, « *Sicut Domino* », parce que, aux divines clartés de l'Évangile, l'époux lui apparaît comme le représentant de Dieu, orné du double attribut de la puissance et de la bonté.

Sont-ce des conseils que je vous donne ici ? Oui sans doute. Mais n'est-ce pas en même temps, ce me semble, comme une page de l'histoire des foyers de vos familles respectives depuis plusieurs siècles, foyers dont on n'a jamais pu franchir le seuil sans y rencontrer, à côté de l'amour de Dieu et des vertus domestiques, l'amour du pays de France, amour se traduisant toujours d'une façon manifeste, et parfois sous une forme éclatante.

S'agit-il des vôtres, cher Monsieur ? Tandis que les uns, du côté paternel, depuis tantôt quatre siècles, figurent parmi les plus honorables familles bourgeoises, prennent rang dans les juridictions consulaires, consacrent leur vie à d'intéressantes recherches où viendront puiser les historiens de l'Anjou, occupent dans l'État, avec un succès peu commun, de hautes magistratures ; — les autres, du côté maternel, échelonnent trois siècles entiers de fondations pieuses ou charitables, qui leur ont acquis, en même temps que des droits à la reconnaissance publique, des titres réels aux sympathies des membres du clergé.

Si je me tourne maintenant vers vous, Mademoiselle, je puis bien, d'abord, vous féliciter de l'attention particulière que la Providence vous témoigne en vous donnant aujourd'hui celui qu'elle vous destinait. Vous savez ce que vous rencontrerez en lui de foi, de loyauté et de cœur. Il a d'ailleurs intégralement recueilli l'héritage de la vertu de ses vénérés parents, et chacun sait que ce n'est pas peu dire.

Pourrai-je ensuite, cher Monsieur, oublier de bénir Dieu du choix que sa main vous a fait, et de la douce et sainte joie qu'il a préparée à votre avenir ? Je vous félicite d'avoir mérité le don d'une telle âme, d'une jeune fille que Dieu a mise sous la garde d'une tendresse maternelle et d'une vigilance paternelle que ceux-là seuls peuvent connaître qui ont été témoins de leurs soins délicats. Elle a vu de près ce qui fait les vaillantes épouses et les saintes mères, comme elle a pu voir ce qu'est un juge qui sait tenir dans ses mains la balance de la justice.

Vous entrez d'ailleurs, cher Monsieur, dans des rangs où la foi, la science et l'honneur sont traditionnels, et où le service glorieux de la patrie et celui de l'humanité souffrante se sont affirmés souvent, et parfois sous d'éclatantes formes. Un docteur Mascarel ne rendait-il pas d'éminents services dans les armées de Napoléon Ier lors de la fameuse retraite de Russie? Un autre ne s'est-il pas acquis au Mont-Dore, par la sureté de son coup-d'œil et la précision de son diagnostic, une réputation extraordinaire? Aussi, l'an dernier, autant à cause de sa science médicale qu'en raison du privilège de l'âge, était-il l'objet d'une manifestation superbe de la part des internes de Paris.

Si je porte maintenant mes regards du côté maternel de la fiancée, j'y salue des personnes

dont il lui a été donné d'apprécier les hautes
qualités, notamment à Loches. Plusieurs y
étaient placées si haut dans l'estime publique
qu'ils n'auraient pu y grandir davantage. Et je
crois savoir que leurs pères, au XVIIIe siècle,
occupaient, dans la cité lochaise, différentes
charges royales très appréciées.

Monsieur et Mademoiselle, je manquerais à
un devoir de cœur si, après avoir salué les
anciens, je ne saluais les jeunes. J'en connais
plusieurs ; j'en ai vu, ce me semble, à l'Ecole
libre Saint-Grégoire de Tours ; qu'il me soit
permis de saluer en eux une moisson qui gran-
dit, moisson qui répondra à l'attente de parents
bien-aimés et perpétuera leurs traditions fami-
liales.

En attendant que mûrissent ces moissons
d'honneur et de vertu sous le bienfaisant soleil
du bon Dieu, j'ai à recueillir vos serments.

Et vous entrerez dans ce nouveau foyer dont
la première pierre se pose.

Vous pouvez en franchir le seuil avec une joie

sainte, parce que, nous ne l'ignorons pas, dans les principes dont vous avez été nourris, dans les salutaires leçons qui vous ont été données, dans les exemples qui vivifient ces leçons, il y a des garanties qui commandent la confiance.

De votre foyer vous ferez un sanctuaire dont on ne pourra jamais franchir le seuil sans y respirer, comme chez vos aïeux, avec la paix et le contentement des âmes, le double amour de Dieu et de la France, de cette France qu'ils ont si bien servie.

C'est ce que nous allons demander à Dieu, — avec le bon curé de cette paroisse, dont le dévouement à votre égard n'est égalé que par sa haute estime pour vos personnes, — avec tous les prêtres qui entourent cet autel, — avec cette belle et sympathique assemblée de parents et d'amis.

Si Dieu nous exauce, votre bonheur présent sera marqué du sceau de la perpétuité.

www.ingramcontent.com/pod-product-compliance
Lightning Source LLC
Chambersburg PA
CBHW061621050726

47595CB00007B/3025